魚本藤子詩集

北浦街道

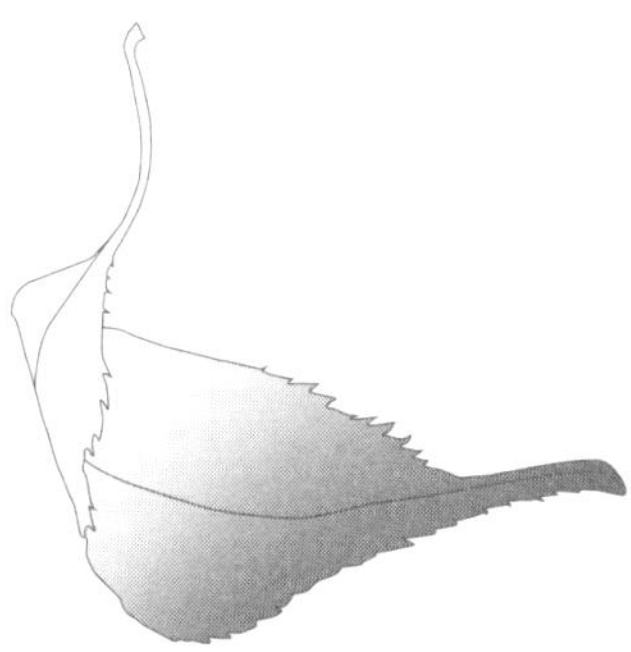

詩集　北浦街道＊目次

I

Ⅱ

詩集　北浦街道

I

手紙

ことりと郵便受けに音がして
手紙が届く

その音が好きだ
言葉には重さがあるらしい
四角い封筒に入れられると
静かな空間の中で
言葉に微かな重さが加わるようだ
わずかに秤の針が揺れるほどの

封を切ると
言葉が呼吸を始める
たとえありきたりの挨拶でも
あたりの空気が波立って
さわさわ　さわさわ
言葉が動き始める

わずか数グラムの言葉に
半世紀をあっと言う間に遡る
見えない枝から零れた影を思い出す
時々は　雨も降る

それは

遥かな距離と時間を越えて来たものだから
少し折れ曲がったり
色褪せていたりするけれど
どんな時も
どのようなものであっても
手紙は
ことりと音をたてて届く

その音が好きだ

押し花

一枚の葉書を辞書に挟んでいる
挟まれて時間は少しずつ薄くなっていくだろう
重いものもきっと軽くなる
そして日々押されて薄くなっていく文字を
掬うようにして読む

昔のことは遠く曖昧で
もう水分が無くなりかさかさになっている
覚えていることは

薔薇の棘とか　紫蘇の香り　角を曲がって
見えなくなった静かな背
（大切なことは何だったのか）
しっかりと閉じ込めておかなければ
重しは大きすぎても小さすぎても忘れられるから
辞書に挟むのが一番だ
紙は薄くなって葉脈のような文字だけが
そこにある

時々そこに挟まれた文字を読む
億年の彼方からようやくたどり着いたというように
少し傾いた文字が几帳面に並んでいる

辞書の中の六万語余のさまざまな言葉に

挟まれ押され蝕まれて
音もなく色褪せていく意味
けれど文字の輪郭はくっきりと残ったままで
その少し曲がった背骨のような文字は
どんなものよりも淡々とその人らしい
それを見ると
文字は何があっても生きようとしているのだと思う

美しいてがみ

始まりの一点は注意深く選ばれる
地上より少し高く
空のよく見える位置
風が吹きぬける清らかなところ

明日がよく見渡せるあたり
一通のてがみが書かれ始める
消しては書き　書いては消す時間

美しいものを作る
一本の糸はひとつの意志のように引かれる
少しの弛みもなく
昨日のことなど振り返らずに真っ直ぐに
立ち止まると後悔が混じるから
風に糸が揺らいでも今を信じる
遠い記憶を辿って
淡々と美しいてがみを書き続ける

迷わずひかれた対角線から
ほんの少しの狂いもない幾何学模様ができる
伝えたい言葉はただひとつ
――此処にいます

誰も見るもののない午後
美しいてがみは書かれる
孤独という言葉をまだ知らないので
きっと誰かに届くと信じているのだ

透きとおったそのてがみを読もうと
羽虫が飛んでくる
それは
愛だったのに
あっという間にやすやすと食べられる

できたばかりの蜘蛛の巣が

風に揺れている
宛先は不明のまま

坂道を

ふと　キッチンの小窓から外を見ると
午後の陽が
さんさんと射している坂道を
ひとりの男の子が学校から
帰って来るところだった
すこし前のめりになりながら
小さな手を握りしめて
背中のランドセルには
今必要なものや大切なものが入っていて

彼の人生そのものだ
それは　まだ
小さな背に背負えるくらいのもので
カタカタと
乾いた軽やかな音をたてている

この坂道はどこまでも続いているように見えるが
本当はずっと上で
行き止まりになっている
上の方に数軒の家がこぢんまり並んでいて
そのどこかに
男の子は帰って行くのだが
私の窓からは見えない

子どもはいつも
ひとつの喜びのように
この窓を通り過ぎる
それは
あっという間のことなのに
私は飽きることなく
その無垢の音を聞く
カタカタ　カタカタと

エレベーター

エレベーターで一階から五階まで上がっていくと
ガラス張りの窓から欅の大樹が見える
それでいつも
欅の木を登っていくような気がする
太くて温かい幹
とんとんと手で叩けば
声が聞こえてきそうな
そこまではよく知っている領域

歩道が下に見えるようになると
濃い緑の葉がさわさわと目の前に迫ってくる
多分そこが木の中心
その茂みの中に空をたたみ鳥を隠している
下から見あげて手が届きそうだと思っていた辺り
知っているようで
まだ知ることができない領域
でもこんなに近いのだから挨拶くらいはできる
顔見知りの人のように

さらに上に登っていく
先細った枝を不安げに辺りに伸ばして
未知の空ばかり大きくなってくる
こんなふうにさびさびと立っていたのか

木は人の手の届かないこんな高さで
寂しさに耐えていたのだ

あっという間に五階の扉が開いて
肩の辺り
欅の枝がまだ揺れているような気がして
明るいホールに出た

土曜日

気持ち良く晴れた朝
新聞を束ねて収集場所に出す

あれだけ悩まされ
騒々しかったことばたちが
束ねられてしんとしている

手から溢れてこぼれたり
足りなくておろおろさせられた
ずっしりと重いものを

胸に抱えて運ぶ

それから
家に帰って
熱いコーヒーを飲んだ

坂道を下った角のところに
もうすぐオランダカイウが咲く

今日は土曜日
種を蒔くのにふさわしい神《サターン》の日

歳月が坂道を登って来る

昼下がりの静かな坂道を
老夫婦が歩いてくる
どちらもすっかり白髪で
女の人は杖をつき
男の人の腕にすがっている
少し前まで
これくらいのゆるやかな坂であれば
軽やかな足取りで上がっていただろう二人
けれど今は

一歩一歩確かめるように
穏やかに登って来る

少し冷たい秋の風が
二人の傍らを追い越して行く
けれど　もう急ぐことはないのだ
果たすべき約束は
すべて果たし終えたというように
ゆっくりゆっくり
老夫婦は坂道を登って来る

激しく慌ただしいものだと思っていた歳月は
すっかりまろやかになって
本当はこんなふうに

安寧な明るさにみちていたのか

私は立ち止って
振り返って見ずにはおられなかった

歳月はうららうらと夢見るように
泰然とした後ろ姿を見せて
坂道を登って行った

誕生日の贈り物

日記帳に一枚のカードを挟んでいる
毎日　日記を書く時そのカードを見る
丸みをおびた柔らかい文字
わたし宛の誕生日のカードだ
差出人は保険会社のセールス員

――一日一日が
　よい日でありますように

たぶん社交辞令で書かれたものだと思う
けれど一枚のカードに書かれたその文字は
艶やかに光り
背すじを伸ばし
真っ直ぐに見つめる眼差しのようだ

一日　という言葉のシンプルさ
よい日　という響きのやわらかさ
どこにでもある言葉が
格別なものに思える

それを書いた人がもうそんなことは
すっかり忘れているというのに
それらの言葉は

幾日たってもこんなところで
日々読み返されているのだ

日記を書く時そのカードを見る
それが日課になっている

誕生日が過ぎて
三か月

手放したことさえ忘れられた言葉が
本州の最西端の小さな島で
芽を出し細い茎を伸ばし
日記帳に挟まれて
わたしを支える

一本の木になろうとしている

コスタリカ

濃い珈琲から
滲みだす柑橘系の香りが
遠い記憶を呼び覚ます
コスタリカ
どんな国なのか知らないまま
想像ばかりが広がってくる
空は深いコバルトブルーだろう
空気は清澄で言葉はまろやかに伝わるはずだ
人は優しくなければ生きている資格がない

とレイモンド・チャンドラーは言った
淹れたての珈琲が
喉元を滑り落ちる

流動体はとどまらない
すぐに失われて見知らぬ風景になる
けれどそれは
「豊かな海岸」という意味を持つコスタリカ
そこでは
言葉は誤解も見間違いもなく
百年前のまま胸から胸に伝わるだろう
目の前を通り過ぎた日々
すぐにうなだれるこころ

それでもコスタリカ産の珈琲に
背骨がしっかりしてくる
手も胸も
こころもあるべきところに

そこでは道は間違いなく
海に続いているはずだ

萱草の花が咲いていたのを
鮮やかに覚えている
手が届きそうだった
それは決して忘れてはいけないことだ

――コスタリカ

遥か遠い国の名前が
テーブルの上にある
信じるに足る世界がそこに

雑巾

何か胸がざわざわする日は
正座して
雑巾を縫う

悲嘆の底に思える日も
正座して雑巾を縫う

タオルを三つに折って
周りを縫っていく

てんてんと
雪の上につく足跡のように
小さな縫い目が連なっていく

いつもは見えない時の欠片が
てんてんと続いていくのが見える
手を振って
胸を張って

てんてん　てんてん
このまま
永遠にだってなれるだろう

しんしんと縫っているうちに日が暮れる

明日が来る

傍らに
出来上がった新しい時間

これで
今日は窓を磨く

収穫

あたたかい　オレンジ色
やまぶきいろ　ときどき緋色　　朱色
がまじって
陽ざしのような
静かな慎ましさで
テーブルの上にある　柿

ほんの少し前
木のいただきの　空に近いところから

もぎ取られた果実
くっきりとした輪郭で
過酷な運命に身じろぎひとつしない

あたたかい　オレンジ色
ゆうべにいろ　　こだちいろ　　かれくさいろ
夕暮れには　ほんの少し　にがよもぎいろがまじる

まだ少し熟していないので
どうしたらよいのかとまどっている
だから今は
あたたかい　オレンジ色になって
なだれ落ちてくる

うすぐれいろ　あおざめる　くれなずむいろ
それから後ろ姿のような　そばいろがまじる

本当は何だったの

時は刻々と過ぎ去り
立ち止まることは許されない

そのようにして
一日一日
果実は忘れていくのだ
空のことを

Ⅱ

生きる練習

砂浜にはいろいろないきものの足跡が
砂に埋まりながら
さまざまな方向に残っている
それらを見ると
歩くことは決してたやすいことではないとわかる

立ち止まっている形も前のめりの形もあって
転びそうになりながら
力を分散して何とか体勢を今ここに繋ぎとめている

こんなふうに時間は半ば砂に埋もれ
歪んだり崩れかけたりしながら過ぎて行く
振り向くとわかる
軌道を少しずれたり傾いたりしながら
刻《とき》がそこを過ぎて行ったと

間違っていても
もうどうしようもない
刻《とき》はとどめようとすると
すぐにもろく崩れるから

足跡のくぼみに
海水がひたひたと溜まって

足底から悔恨がみちてくる
けれど泣かないで

大きないきものも小さなものも
こうして生きる練習をする

海と陸地の境目に
不器用な足跡を残しながら
わたしもここで
今はひたすら生きる練習をする

アレキサンドリア

陽当たりのよい野原で
緑の濃い雑草や
野茨の低木に囲まれて
昨日も今日も明日も境目のない時間が
流れているところで生きたいと思っていた
けれどすでに父もなく母もいない
球形の閉ざされた形を持たされて
生きていくしかない
共にいた仲間は

それぞれにラベルを貼られ
行く先は不明のまま
離れ離れになった

表皮はつややかで
一滴の悲しみの跡がないものが
好まれるらしい
――アレキサンドリア
名前を付けられた日から
世界が変わってしまった
測られるのは
苦難の翳のない糖度
ゆったりと思い煩うことのない
りんとした静けさ

どんな時も
後ろを振り返ってはいけないのだ
少し歪めば廃棄処分

時々思い出す
ひらひらとした大きな葉の感触
その間から零れる陽ざしのやわらかさ
世界はどこまでもなだらかで
となりに繋っていた鬱陶しい
ヤブガラシさえ懐かしい

蛍光灯の明るい棚の上で
少しずつふるさとの空や風を忘れていく

けれどまだ
あの蒼空の堅い種を一個持って
生きている

北浦街道

潮風で錆びたトタン屋根のドライヴインに
入って冷たいコーヒーを注文した
テーブルの上に
お金を入れてレバーを回すと
今日の占いがでてくる玩具のようなものが
置いてあって
食事を待つ間の時間を
つぶせるようになっている

エアーキャップを指でつぶす快感に
似ているのか
刻《とき》が指先でつぶされていく

壁に複製のひまわりの絵が掛けられている
窓の外には群青色の海が広がって
何もなくて
けれど　淡々と囚われていく
そうして
永遠が静かに
ぷつぷつとつぶされていく

こんな
つぶされつつある時間でも

百年たったら
きっと泣きながら思い出すのだ

沖永良部《おきのえらぶ》百合《ゆり》

はじまりは
「ん」の形をした球根
それはいつもおわりから始まる
膝の上に置かれた握りこぶしのように
じっと耐える
ぱらぱらと零れ落ちる空の破片をあびても
身じろぎひとつしない
強い決意が漲っている
日照りが幾日続いても

海へ行く道を忘れることがない
幾度も書いては消し
破り捨てては書き替えた
美しい地図

水やりをして振り返ると
ふわりと風が起こる
蕾が少しふくらんできた

それからきっと
最後の調整が行われるのだ
忘れものはないか昨日を見直す
瑕疵はないか
記憶は丁寧に磨かれる

そして
すべての善きものを持たされて
今にもこわれそうないのちがやって来る

今朝
透きとおった朝の空気を破って
白い大きな花びらが
ぱりりと開いた

台風

台風が来るというので
雨戸を閉めた
鍵をかけてカーテンも閉めた
家は堅いじょうぶな殻になる
薄闇の中で
昨日の位置がわずかにずれる

部屋の隅で蹲っているものの
名前を呼ぶと
わたしの内でも目覚めるものがある

停電になった

真っ暗闇の中で
繊維の多い野菜を食べた
喉のあたりに繊毛のような言葉が引っかかる

それから長い夜
手も足も重いこころも折りたたんで
　ゆらゆらと眠った

風の夢ばかり見ていた
背中のあたりから少しずつ羽化する気配

朝になったら
雨戸を開けてあの野原へ翔び立つ
透きとおって今にも毀れそうな翅を持って

うみの話

角の薬局を曲がると
ぼうぼうとした青

晴れた日は海岸通りを通る
右手にうみを見て
眦に青がにじんでくる
そこからは向こう岸がよく見えた
日々のようにうみが好きだ
もうそれは繰り返し聞いた話のようだった

けれど

海辺を裸足で歩いて
手足を海水に浸しても
うみを抱いたわけではない

（いい天気ですね
　うみがきれいで

海岸通りを通る人はみな
うみの方を見て通る
きらりと光るもの反射して

裏返る午後
ふと指先に刺さったままの
　棘のことを忘れる

晴れた日は海岸通りを通る
そして
うみを胸にあふれさせる
いつも積もる話がたくさんあるのだ

目や胸に群青色がしみ込んで
今日はうみを家まで連れて帰る

洗濯機

水が勢いよく流れて
洗濯機が回っている
誰かそこにいてきっちりと仕事を
しているというように

働き者で
少しも疲れることを知らない
確かで間違いのない仕事

ひとり家にいて
その音を聞いている

誰もいないのに
誰かいるような
頼もしい人がそこにいるような

こうして支えられているのだな
言葉がなくても

菜の花

もう少ししたら
花になるものを食べる

小さな蕾の中には
これから花を開かせようとする
りんりんとした勇気がみちている
その勇気を食べる

それは

どんな困難も打ち砕く抗酸化物質で
生きていくのに
大切な栄養素になるらしい

花になろうとするものたちは
小さな声の形をしている
——花になろう
——花になる
——花になりたい
その囁きを食べる

ざぶざぶ流水で菜の花を洗って
茹でて辛し和えにする

私の考え方の中に
菜の花の苦みと甘味がまじる
もうきっと
どんなことにも
物怖じしなくなるだろう

今日は
風が西から吹いてきて
菜の花畑がさわさわ揺れる
私の目の中に
菜の花の黄色がみちてくる

これから花になろうとするものを食べる
瞬時に

頭から足先まで
アブラナ科アブラナ属の
しんとした強さとかなしみが駆け巡る

秘密

トマトを半分に切った
とろりと流れ出る流動体
もう隠しようがない
本当は
こんなとめどもないものでできていた

曖昧で不定形に揺れる
ぴんと張りつめた表皮の下に
揺れ動くものが充ち充ちて

これでもなく　あれでもないものが
揺れている
鮮やかな朱色の球体は
すぐに失われる危うい形だったのだ
それは昨日と今日では
異なる色合いに見える
もう少ししたら違ったものに
いつもそう思って暮らしてきた

けれど
半分に切ると
流れだすゼリー状の屈託
中心にある無記名の寂しさ

きっぱりと二つに切られたからには
もう隠しようがない

だから
ベンガラ色になって
収穫されるまで
トマトであることを忘れて生きる

種を蒔く人（ジャン＝フランソワ・ミレー）

若い農夫が
手を振って大股で畑を歩いて行く
左肩に掛けた袋から
右手で迷わず種を摑んで
信なるものを蒔くように
畑に蒔いて行く

よく鍛えられた丈夫な足
足元の大地も見ないし

後ろも振り返らない
目の前の大地は
どこまでも広がって果てがないように見える
けれど何も心配などしない
後悔とは無縁な背中
自信を持って種を蒔く

少しのためらいで罅が入る画布
文法はいつも例外を生む
何が正しいのかわからない世界で
種を蒔く
空の色　見えない風の方向
陽ざしの分量
言葉の強度

すべて整った朝に種は蒔かれる

その時代にも
それぞれの日々の困難はあっただろうけれど
ミレーは農夫に絶大な勇気を持たせている
彼は
迷うことなく種を蒔く
一心不乱に種を蒔く
それがその日一日の仕事

遠い昔
そのように空と大地と人が
等しく調和していた一日があった

返信

古い机の引き出しに
小さな種の入った封筒を入れている

言葉に翻訳するには
あまりにも小さすぎる種

スプルースというカナダ産の木でできた
その机は
ときどき夜更けに

動きだそうとしているのを
わたしは感じている
遥か北方の澄んだ空気を思い出しているのだ

部屋に月の光が充ちてくると
高い頂きの葉が揺れる
交信しているのだ

遠い木の静謐な香りが
机の奥からしている
慌ただしい角を宥め
引き出しの種を想う

その木の年輪は緻密で細かい

ゆっくり長い時間をかけて育ってきたのだ
寒夜に立っていた木の時間が
その種を育てる
遠い頂きを吹きぬけていた風が
部屋を駆け巡って
余白がしんしんと充ちてくる
わたしたちは何年経っても
源流を忘れることはできない
もう遥か遠い彼方であっても

種を蒔く季節はもう過ぎたかもしれない
けれど
芽がでたらその人に手紙を書こう
——芽がでました

きっと文字は少し弾んで木の香りがするはずだ

あとがき

人間の時間

北浦街道は、わたしの住んでいる山口県下関市から島根県益田市に至る国道一九一号線の通称です。この道は、本州の最西端にある山口県の陸地と海の境界をなぞるように走っています。住んでいる人にとっては、遠くへ出て行く道であり、また戻って来る道です。昔はひどい雨が降るとすぐに通行止めになったりしました。少し頼りない道です。けれどわたしはこの道が好きです。ずっと海が見えて絶景の道でもあります。誰にも教えたくないのですが、詩に書いてしまいました。あっという間に遠くへ移動できる現在、この道を見ていると、人間の時間とは、どんなに科学が発達しても、このようなさびさびとしたものではないかと思わされます。人々はこの道を北浦街道と親しみをこめて呼び、この道と共に生きてきました。

この度も、土曜美術社出版販売社主の高木祐子様には、大変お世話になりました。

的確で細やかなご指摘に感謝申し上げます。また装丁の高島鯉水子様には、お忙しい中、快く受けていただき、素敵な装丁をして頂きました。心からお礼申し上げます。

二〇二三年七月　よく晴れた日に

魚本藤子

著者略歴

魚本藤子（うおもと・ふじこ）

1948 年　大分県生まれ

詩集『発芽』（1990 年）
　　『晴れた日には』（2003 年）
　　『遠い家』（2011 年）
　　『くだものを買いに』（2015 年）
　　『鳥をつくる』（2019 年）
随筆集『「赤毛のアン」の小さなかばん』（2009 年）

所属「新燎原」「千年樹」「鯨々」、日本詩人クラブ

現住所　〒750-0082　山口県下関市彦島山中町 1-4-5

詩集　北浦街道《きたうらかいどう》

発　行　二〇二三年十月十七日

著　者　魚本藤子
装　丁　高島鯉水子
発行者　高木祐子
発行所　土曜美術社出版販売
〒162-0813　東京都新宿区東五軒町三―一〇
電　話　〇三―五二二九―〇七三〇
FAX　〇三―五二二九―〇七三二
振　替　〇〇一六〇―九―七五六九〇九
印刷・製本　モリモト印刷
ISBN978-4-8120-2788-2　C0092